© SUSAETA EDICIONES, S.A.
Campezo s/n - 28022 Madrid
Tel. 300 91 00 - Fax 300 91 10
Impreso en España

CUENTOS Y FÁBULAS

susaeta
ediciones s.a.

CUENTOS
Y FÁBULAS

BAMBI

En primavera nació en el bosque un simpático cervatillo. Su nombre era Bambi.

Llegó el verano y Bambi tenía ya muy buenos amigos: la ardilla, el conejo, el topo y muchos más.
Lo que más le gustaba a Bambi era jugar con sus primos, Gobo y Falina, con los que correteaba sin descanso.

En una tormenta de otoño,
Bambi se perdió, pero el
viejo príncipe le llevó de
nuevo junto a su madre.

Con las nieves llegó la amenaza de los cazadores.
La madre de Bambi cayó abatida por las armas
que echaban fuego.

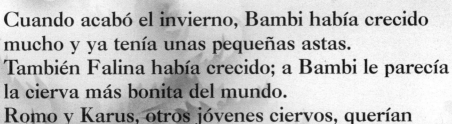

Cuando acabó el invierno, Bambi había crecido mucho y ya tenía unas pequeñas astas.

También Falina había crecido; a Bambi le parecía la cierva más bonita del mundo.

Romo y Karus, otros jóvenes ciervos, querían conquistar a Falina, pero Bambi los venció y se fue con su querida prima.

Bambi seguía correteando y jugando
con sus amigos del bosque.

El príncipe de los ciervos
enseñó a Bambi a distinguir
los olores, los ruidos y las
plantas.

Un día, Bambi oyó un ruido como un trueno y sintió gran dolor en el lomo. Le había alcanzado el disparo de un cazador.

Sin embargo, consiguió huir
y se refugió en la guarida del
príncipe.
Tardó mucho tiempo en
curarse de sus heridas.

Cuando volvió al bosque, Bambi era ya un gran ciervo.
Le emocionó encontrarse de nuevo con Falina.
Llegó el día en que el viejo príncipe tuvo que partir y
Bambi fue elegido príncipe del bosque.

Ahora él debía cuidar y enseñar
a los jóvenes ciervos.

EL CUERVO
Y EL ZORRO

Cierta mañana de verano en que el sol calentaba los campos...

...el cuervo en una rama saltaba de contento. Había robado un gran trozo de queso en una granja y se proponía llenarse bien la panza.

No lejos de allí rondaba el zorro desfallecido. Oía cómo gruñían sus pobres tripas vacías…

...y no encontraba
nada para llevarse
a la boca.

En esto vio el zorro al cuervo
en lo alto del árbol. El pájaro
brincaba satisfecho con su
sabroso bocado en el pico.

Al zorro se le hizo la boca
agua oliendo el queso...

...Y como ya se sabe que el hambre aguza el ingenio, se le ocurrió una idea para comérselo.

—Muy buenos días, compadre —saludó, zalamero, al cuervo—. Vengo de muy lejos a escucharle, porque he oído que su canto melodioso nadie lo iguala.

El cuervo, al oír estos halagos, hinchó el pecho muy ufano y se dispuso a lanzar uno de sus graznidos. Abrió el pico, y el queso cayó en las manos del astuto zorro.

El zorro se zampó el queso al momento, delante
del cuervo. Luego se marchó tan fresco, riéndose
de él por vanidoso y por tonto.

Pero el cuervo aprendió la lección: no hay que hacer caso de halagos que se dicen sin ton ni son.

SIMBAD
EL MARINO

En un palacio del lejano Oriente, Simbad
contaba a sus amigos las maravillosas
aventuras que había vivido en su juventud.

–Cuando era más joven, hice largos viajes: compraba mercancías en la India y las vendía en las islas. En una de mis travesías, el barco en el que viajaba naufragó.

»No sabía si los demás se habían
salvado, pero, al menos, yo pude
agarrarme a un madero que flotaba y
me dejé llevar por la fuerte marea que
había provocado.el naufragio.

»Las olas me arrastraron hasta una playa. Estaba muerto de sed y hambriento, pero primero necesitaba descansar, así que busqué un lugar resguardado y me quedé dormido.

»Al despertar, decidí explorar la zona y me subí a una gran piedra desde donde podía verlo todo. De pronto, escuché el terrible chillido de una gran ave parecida a un buitre: era un pájaro Roc, el más temible de los animales voladores.

»El ave venía hacia mí y entonces me di cuenta de que la piedra era, en realidad, uno de los huevos del pájaro Roc, que había vuelto para llevárselo a su nido.

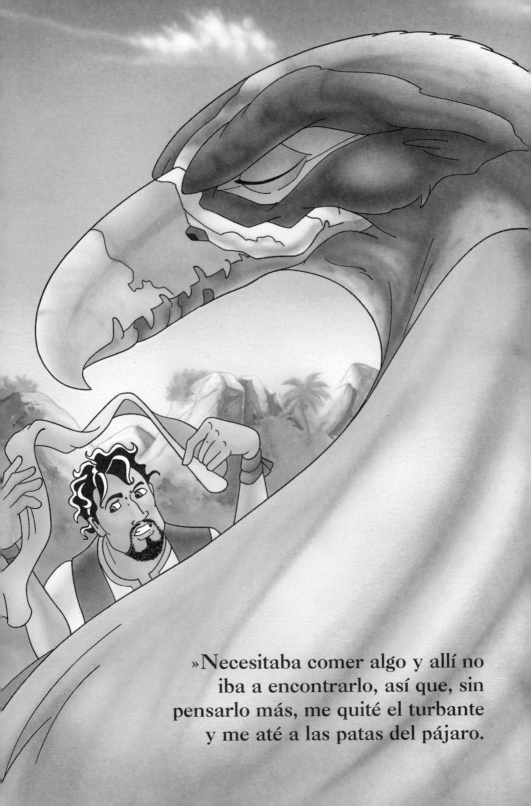

»Necesitaba comer algo y allí no
iba a encontrarlo, así que, sin
pensarlo más, me quité el turbante
y me até a las patas del pájaro.

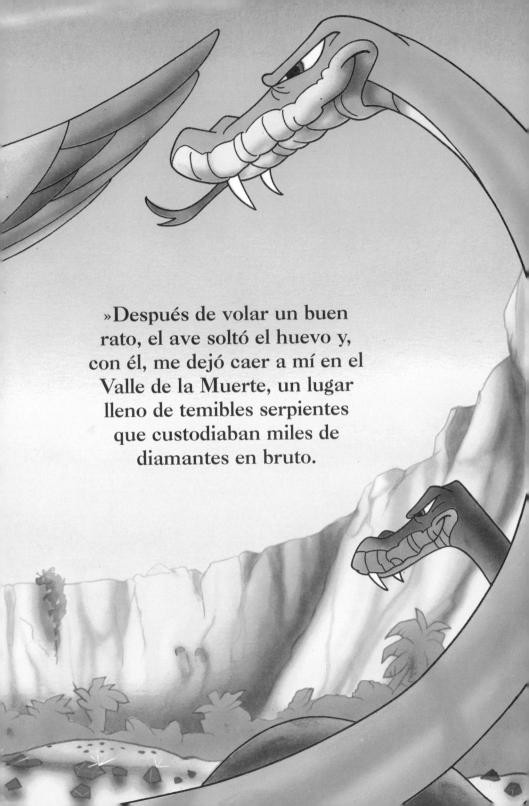

»Después de volar un buen rato, el ave soltó el huevo y, con él, me dejó caer a mí en el Valle de la Muerte, un lugar lleno de temibles serpientes que custodiaban miles de diamantes en bruto.

»Vi entonces caer desde arriba enormes pedazos de carne en los que se incrustaban los diamantes. Las serpientes se fueron acercando a mí con mirada hambrienta.

»Me llené los bolsillos de piedras preciosas y, con el turbante, até mi cuerpo a uno de aquellos trozos de carne.

»Cuando ya iban a matarme, un águila bajó en picado, cogió la carne a la que yo me había atado y se alejó volando.

»Al bajar, me encontré a los astutos cazadores que tiraban la carne sobre el valle y, como muestra de mi agradecimiento, repartí con ellos los diamantes.

»Juntos emprendimos el viaje de regreso en su barco y, sin más peligros, llegamos a mi querida ciudad.«

...Y Simbad siguió contándoles otras aventuras de su vida de marino e imaginó las que todavía podían sucederle, rodeado de monstruos y seres fantásticos, en lugares misteriosos de la tierra y el mar.

LA CIGÜEÑA Y EL ZORRO

El zorro y la cigüeña eran
viejos conocidos. Un día
el zorro invitó a comer a la
cigüeña. La invitada iba
contenta y hambrienta.

—¡Adelante
bienvenida! La
mesa ya está
puesta —dijo el
zorro, zalamero,
al recibir a la
cigüeña.

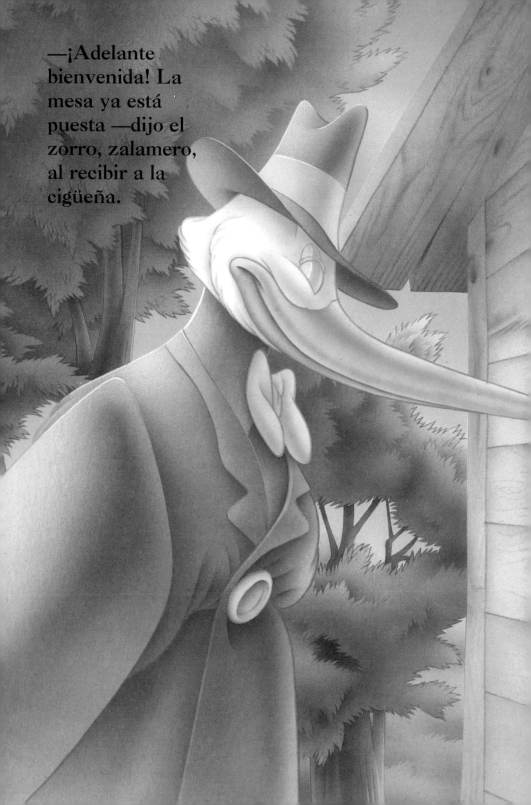

Pero no se esperaba la cigüeña la sorpresa de su amigo: la sopa estaba servida en platos hondos. ¿Cómo podría tomarla con un pico tan fino como el suyo?

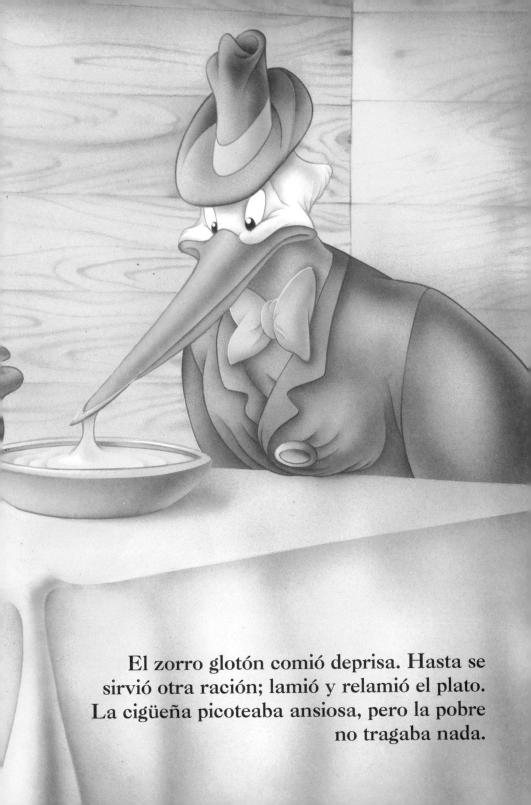

El zorro glotón comió deprisa. Hasta se
sirvió otra ración; lamió y relamió el plato.
La cigüeña picoteaba ansiosa, pero la pobre
no tragaba nada.

La cigüeña se marchó con más hambre que había traído. El pícaro zorro se reía muy satisfecho con la burla.

Con el tiempo, el zorro se olvidó del episodio.
Un día recibió invitación de la cigüeña para
comer en su casa. Y hacia allí se dirigió,
dispuesto a darse el gran banquete.

Pero esta vez, fue el zorro quien
se llevó un buen chasco...

La cigüeña, astutamente, había servido la sopa en botellas de cuello alto y estrecho.

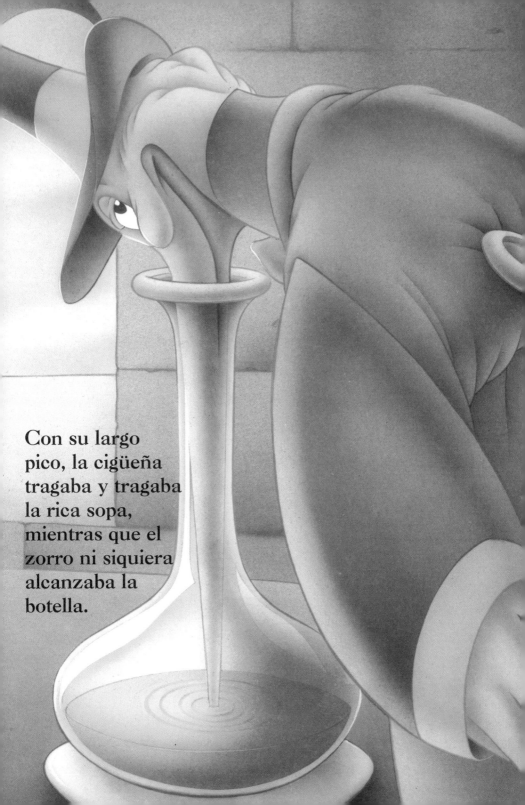

Con su largo
pico, la cigüeña
tragaba y tragaba
la rica sopa,
mientras que el
zorro ni siquiera
alcanzaba la
botella.

El zorro tuvo que volverse a casa con la barriga
vacía y bien escarmentado.
El burlón siempre acaba burlado.

EL GATO CON BOTAS

Érase una vez un molinero que tenía tres hijos. Era muy pobre y al morir dejó al mayor el viejo molino, al mediano una mula coja y al pequeño tan solo un gato.

Estaba el hijo pequeño llorando su suerte cuando el gato se puso a hablar y le dijo:
–No te preocupes, amo. Confía en mí y yo idearé un plan para que podamos vivir con dignidad. Sólo necesito unas botas y un saco.

Recuperado de su sorpresa, el joven molinero hizo lo que le ordenaba el gato: desempolvó un viejo sombrero y las botas más pequeñas que encontró. Además, le hizo una capa y le dio un saco.
Con todo ello, el gato se despidió:
–¡Prometo volver con buenas noticias!

En el camino, el gato encontró una
hermosa oveja y decidió que era un
buen momento para comenzar su plan:
abrió el saco y metió en él a la oveja.

Cargado con ella se presentó ante el rey. Tras hacer una profunda reverencia, explicó:

–Este oveja es un humilde regalo de mi amo, el marqués de Carabás.

Al día
siguiente cazó
un conejo y
pidió de nuevo ser
recibido por el rey:
–Este conejo se lo
envía mi amo, el
marqués de Carabás.
...Y así continuó día
tras día...

Cierta mañana, el gato dijo a su amo:
–Métete desnudo en el río, y no me hagas
preguntas. Déjame hacer a mí.
El joven obedeció una vez más a su gato.

El rey salía de paseo todos los días con la princesa. El gato esperó a que su carruaje pasara por allí y salió a su encuentro dando gritos:
–¡Ayuda! ¡Mi amo el marqués de Carabás se está ahogando!

Al momento ordenó el rey a
sus lacayos que lo sacaran del
agua y trajeran de palacio
ricos vestidos para el joven...
El rey no había olvidado los
regalos del marqués de
Carabás.

Una vez vestido, el rey le invitó a subir a la carroza.
La princesa sonrió al verle tan apuesto y caballeroso.

Mientras tanto, el gato no perdía el tiempo: recorrió las tierras por las que iba a pasar la carroza real ordenando a los campesinos: –Cuando os pregunten de quién son estas tierras, diréis que pertenecen al marqués de Carabás. De no ser así, os enviarán a morir a la guerra.

Los pobres campesinos obedecieron y durante todo
el camino el rey pudo comprobar lo poderoso y
amable que era el marqués de Carabás.

Finalmente pensó que nunca encontraría un pretendiente mejor para su hija.
Una simple mirada le mostró que ella estaba de acuerdo y al instante se lo ofreció por esposo.

Y se casaron, y reinaron, y el gato
fue su consejero...
Y fueron felices
y comieron
toneladas de
perdices.

LA LECHERA

Era un día de primavera luminoso y sin nubes. Camino del mercado marchaba una lechera con su cántaro de leche en la cabeza.

La muchacha saludaba
alegremente a todos los animales
que se cruzaba. Caminaba tan
animosa y ligera como si bailara.

Pensaba: «Por el cántaro me darán dinero y compraré cien huevos. Los cuidaré y cien pollitos saldrán de ellos».

«Los pollitos crecerán y, cuando sean grandes, los cambiaré en el mercado por un cerdo –se animaba la muchacha–. Lo cebaré y se pondrá muy hermoso...»

«...Entonces cambiaré el cerdo por una vaca y su ternero. La vaca, bien alimentada, dará mucha leche para hacer queso y el ternero crecerá sano...»

–¡Ya estoy viendo al
ternerillo corretear por el
prado, entre las ovejas!
–exclamó con los ojos
brillantes de alegría.

La muchacha, entusiasmada, se puso a retozar y a dar saltos de contento, olvidándose del cántaro que llevaba en la cabeza.

Con el movimiento brusco el cántaro
se cayó y se hizo añicos, como los
sueños de la lechera. La leche quedó
derramada en el camino.

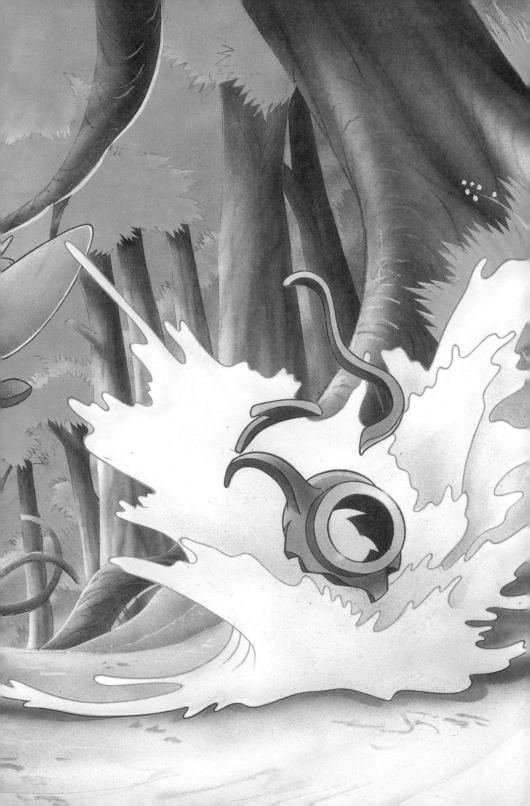

«¡Adiós pollitos, adiós cerdo, adiós vaca y ternero!», se decía la lechera. Por culpa de los sueños había perdido lo único que realmente tenía.

ÍNDICE